Le fantôme de maître Guillemin

FichesdeLecture.com

Le fantôme de maître Guillemin
(Fiche de Lecture)

I. INTRODUCTION

Évelyne Brisou-Pellen est un auteur de littérature de jeunesse française. Elle a reçu de nombreux prix, dont le Grand Prix du livre pour la jeunesse en 1984 pour Prisonnière des Mongols.

Le fantôme de Maître Guillemin est paru en 1993. Il s'agit d'une énigme dans le milieu des étudiants nantais du XVe siècle, à une époque où la Bretagne était indépendante.

II. RÉSUMÉ DU ROMAN

Nous sommes à Nantes à la fin du XVe siècle. Le récit commence durant la rentrée scolaire. Martin est un jeune surdoué de 12 ans et déjà bachelier. Il se rend à l'université de Nantes où la rumeur court que le fantôme de maître Guillemin rôde. Ce dernier est le fondateur de l'université qu'il avait créée uniquement pour les étudiants boursiers.

On apprend que Martin a été recueilli et élevé par les religieux de l'hospice devant lequel il avait été abandonné à sa naissance et qu'il suit une licence en arts. Tous les professeurs de l'université sont des religieux. La religion tient une grande place dans la vie des étudiants puisque leurs journées sont rythmées par une messe le matin et une prière collective le soir. Dans l'enceinte de l'université, les étudiants doivent parler latin.

Alors que Martin est un brillant étudiant à peine plus de 12 ans. La vie à l'université est dure pour ce boursier, comme il parle le grec, les autres élèves jaloux de ses capacités et de son âge le surnomment « le Grec ». Il tente de subvenir à ses besoins en effectuant des petits travaux. Au cours de la rentrée. Martin est jeté dans l'escalier car il est nouveau. Le lendemain l'un d'eux, Guillaume, est trouvé hors du collège, assassiné. Puis François et ensuite Pierre. Ils occupaient la même chambre « Maine » et étudiaient la médecine.

Certains étudiants prétendent que c'est le fantôme de Maître Guillemin, qui serait le meurtrier, il se serait vengé, car son établissement accueillerait des élèves non boursiers. De son côté Martin enquête et découvre plusieurs similitudes entre les victimes. Guillaume et François sont retrouvés morts au même endroit. Les trois garçons avaient l'habitude de fréquenter les mêmes endroits nocturnes tels que les tavernes. En tant qu'étudiants en médecine, ils devaient disséquer un corps humain le lendemain. Enfin ils ont une plaie au cœur.

Il finit par trouver la vérité, le coupable est Frère Éon. Ce dernier considère que pratiquer une dissection est un péché, un acte contraire aux lois de Dieu, une œuvre satanique. Il a tué les étudiants pour qu'ils ne perdent pas leur âme.

Frère Clément le tue pour l'empêcher de recommencer et qu'il n'ait pas à faire à la justice des hommes. Il demande à Martin de garder le secret, ce qu'il promet.

III. PRÉSENTATION DES PERSONNAGES

Martin

Il a douze ans et suit depuis peu les cours de licence d'Arts. Il vient d'Angers où maître Geoffroy et sœur Marie se sont occupés de lui, il a été abandonné par sa mère devant l'hospice des Enfants Trouvés. C'est un garçon surdoué, il a déjà son baccalauréat alors que l'âge normal pour l'obtenir est 14 ans. Il est boursier et fait ses premiers pas à l'université.

L'intégration de Martin à l'université est difficile. Ses camarades sont jaloux de son savoir et le surnomment « le Grec ». Un de ses professeurs pense qu'il a dû obtenir un passe-droit pour être admis en licence. Il ne cesse de le mettre à l'épreuve, mais Martin s'en sort toujours brillamment.

Trois de ses camarades qui l'avaient poussé dans l'escalier car il était nouveau meurent les uns après les autres dans des circonstances mystérieuses. Il décide de mener l'enquête et finit par découvrir le meurtrier.

Les professeurs

Ce sont des religieux. La religion tient une grande place dans la vie des étudiants puisque leurs journées sont rythmées par une messe le matin et une prière collective le soir. À cette époque l'Église gérait l'enseignement.

Maître Guillemin

C'est le fondateur de l'université, il l'a créé en premier lieu pour les étudiants boursiers. Une rumeur court selon laquelle son fantôme rôde dans l'établissement et qu'il serait à l'origine de la mort des trois étudiants, il se serait vengé, car son établissement accueillerait des élèves non boursiers.

Frère Éon

Il considère que pratiquer une dissection est un péché, un acte contraire aux lois de Dieu, une œuvre satanique. Il tue les trois étudiants pour qu'ils ne perdent pas leur âme. Frère Clément le tue à son tour pour l'empêcher de recommencer et qu'il n'ait pas à faire à la justice des hommes. Il demande à Martin de garder le secret, ce qu'il promet.

IV. AXES DE LECTURE

Un roman policier

Le roman policier est un genre de roman, dont la trame est constituée sur l'attention d'un fait ou d'une intrigue, et une recherche méthodique faite de preuves, le plus souvent par une enquête policière ou menée par un détective privé. Mais ici, c'est un jeune surdoué de 12 ans qui mène l'enquête tout seul et finit par trouver le meurtrier des trois étudiants.

Le genre policier comporte six invariants : le crime ou délit, le mobile, le coupable, la victime, le mode opératoire et l'enquête. Alors que certains croient que c'est le fantôme de Maître Guillemin, qui serait le meurtrier, il se serait vengé, car son établissement accueillerait des élèves non boursiers.

De son côté Martin enquête et découvre plusieurs similitudes entre les victimes. Guillaume et François sont retrouvés morts au même endroit. Les trois garçons avaient l'habitude de fréquenter les mêmes endroits nocturnes tels que les tavernes. En tant qu'étudiants en médecine, ils devaient disséquer un corps humain le lendemain. Enfin ils ont une plaie au cœur. Au cours du dénouement, il tente de rétablir la vérité. Tout au long du récit le jeune héros mûrit en prend de l'assurance en lui.

Le roman policier pose toujours les mêmes questions – qui, quoi, où, quand, pourquoi, comment – cependant il n'y a pas de structure de récit spécifique. L'histoire est racontée à travers des phrases simples, courtes, se rapprochant du langage parlé. La violence est parfois très présente.

Un roman historique

Un roman historique est un roman qui a pour toile de fond un ou plusieurs épisodes de l'Histoire. Au cours du récit, l'auteur nous décrit la vie étudiante à Nantes à l'époque où la Bretagne était indépendante à la fin du XVe siècle. Elle nous montre qu'ils étudiaient en latin et en grec, la dimension religieuse de l'enseignement supérieur. Elle nous initie au système des « collèges », maisons qui hébergent les étudiants boursiers, regroupés par « nations ». Le jeune lecteur est confronté à la dure vie de Martin, jeune surdoué boursier qui travaille en dehors des cours pour subvenir à ses besoins.

La ville de Nantes au temps du Duc François et de sa fille la Duchesse Anne est décrite avec beaucoup de minutie en nous plongeant au cœur des croyances et des peurs de l'époque comme les loups-garous, les fantômes et l'exorcisme. Enfin elle aborde les dérives du système éducatif sous l'autorité de l'Église, telle que la dissection pour les étudiants de médecine.

Enfin elle nous rappelle qu'à l'époque on croyait que les planètes et le soleil tournent autour de la Terre : « *La terre est immobile et le soleil et les planètes y tournent autour* ». Tandis qu'aujourd'hui nous savons que le soleil est immobile, ce sont les planètes qui tournent autour de lui.

En effet, l'auteur a fait des recherches historiques pour écrire ce récit qui se déroule dans le en Bretagne au Moyen-âge, région d'origine d'Évelyne Brisou-Pellen.

L'action se passe au XVe siècle sous le régime de féodalité. La société médiévale est caractérisée par certaines constantes : le poids de la reli-gion, la forte hiérarchisation sociale qui se traduit, pour les individus et les groupes, par des signes extérieurs contribuant à maintenir chacun à la place qui lui est assignée dans une société que l'on représente divisée en trois ordres : ceux qui prient, ceux qui combattent et ceux qui travaillent.

Le courage

Le jeune héros, Martin fait preuve de beaucoup de courage, il affronte les moqueries de ses camarades et les accusations de certains professeurs : *« Mais le baccalauréat ne peut être présenté qu'après quatorze ans ! lança alors le gros Macé le Gac.*

- *Quatorze ans et un jour, au moins !*
- *Certes, certes, calma le professeur. Néanmoins, si une exception a été faite, c'est que tout a bien été considéré. »*

Malgré son jeune âge, il adopte une attitude sage à l'égard de ses détracteurs, il ressent en effet le besoin d'être reconnu et admis par les autres. Il fait preuve de beaucoup volonté et de maturité. Lorsque le Recteur lui demande de dénoncer les élèves qui l'ont embêté, il refuse. Cette qualité rappelle celle des chevaliers des contes.

Les conditions de vie des étudiants pauvres sont pénibles, Martin tente de subvenir à ses besoins en effectuant des petits travaux. Enfin il découvre la vérité et le meurtrier, Frère Éon. Puis il promet au Frère Clément de garder la vérité secrète.

Dans la même collection en numérique

Escadrille 80

Inconnu à cette adresse

La controverse de Valladolid

Les Vilains petits canards

Une partie de campagne

Cahier d'un retour au pays natal

Dora Bruder

L'Enfant et la rivière

Moderato Cantabile

Alice au pays des merveilles

Le faucon déniché

Une vie

Chronique des Indiens Guayaki

Je voudrais que quelqu'un m'attende quelque part

La nuit de Valognes

Œdipe

Disparition Programmée

Education européenne

L'auberge rouge

L'Illiade

Le voyage de Monsieur Perrichon

Lucrèce Borgia

Paul et Virginie

Ursule Mirouët

Discours sur les fondements de l'inégalité

L'adversaire

La petite Fadette

La prochaine fois

Le blé en herbe

Le Mystère de la Chambre Jaune

Les Hauts des Hurlevent

Les perses

Mondo et autres histoires

Vingt mille lieues sous les mers

99 francs

Arria Marcella

Chante Luna

Emile, ou de l'éducation

Histoires extraordinaires

L'homme invisible

La bibliothécaire

La cicatrice

La croix des pauvres

La fille du capitaine

Le Crime de l'Orient-Express

Le Faucon malté

Le hussard sur le toit

Le Livre dont vous êtes la victime

Les cinq écus de Bretagne

No pasarán, le jeu

Quand j'avais cinq ans je m'ai tué

Si tu veux être mon amie

Tristan et Iseult

Une bouteille dans la mer de Gaza

Cent ans de solitude

Contes à l'envers

Contes et nouvelles en vers

Dalva

Jean de Florette

L'homme qui voulait être heureux

L'île mystérieuse

La Dame aux camélias

La petite sirène

La planète des singes

La Religieuse

À propos de la collection

La série FichesdeLecture.com offre des contenus éducatifs aux étudiants et aux professeurs tels que : des résumés, des analyses littéraires, des questionnaires et des commentaires sur la littérature moderne et classique. Nos documents sont prévus comme des compléments à la lecture des oeuvres originales et aide les étudiants à comprendre la littérature.

Fondé en 2001, notre site FichesdeLectures.com s'est développé très rapidement et propose désormais plus de 2500 documents directement téléchargeables en ligne, devenant ainsi le premier site d'analyses littéraires en ligne de langue française.

FichesdeLecture est partenaire du Ministère de l'Education du Luxembourg depuis 2009.

Plus d'informations sur www.fichesdelecture.com

ISBN: 978-2-511-02955-8

Notes :